橘上

SUPREME has come

いぬのせなか座

本書は、詩人・橘上の即興朗読公演「NO TEXT」で生まれた詩をもとに、松村翔子が新作戯曲、詩人の山田亮太・橘上が新作詩集を制作するプロジェクト『TEXT BY NO TEXT』の一冊として刊行されました。

装釘・本文レイアウト＝山本浩貴＋h（いぬのせなか座）
表紙使用作品＝ヨゼフ・チャペック『こいぬとこねこのおかしな話』1928年

目次

SUPREME has come

橘上

SUPREME has come

いぬのせなか座

ぐらい難解だね

現在って現代詩

う

はも詩

時代

現代

時代はもう

0 1 2

10

アナベルは目を輝かせながらこう言った
「これは全ての始まりだね」
握りしめた袋入りのアンパンの賞味期限は既に切れていた。僕は言った。
「君の右手にあるものは既に終わっているじゃないか」
アナベルは勢いよく袋からアンパンを取り出し、頬張りながらこう言った
「始まりはやはり、こうでなくっちゃ」

現 代 詩

「田中みな実ってだれ？」

「瀬尾育生より有名なの？」


時代はもう現代詩（NO シャブ NO LIFE　EDIT）

—「神は誤解されてるわ。彼は革命家よ」パルモリヴ

「時代はもう現代詩」

「現代詩の時代じゃないぜ」


「誰もが知ってる固有名詞なんてもうない」

「といわれてはや十年？二十年？」

「稲川方人≒バレンシアガ」

「吉増剛造≒ヒルナンデス」

「知ってる人は知っている。知らない人は知らない」


「映画好きだけどゴダール知らないやつ、お笑い好きだけどやすきよ知らないやつ、ファッション好きだけどソフ知らないやつ」

「知ってるか？みんな知ってることしか知らないんだぜ？」


「同じことを知ってるお友達と、お友達にしか通じない言葉で」

「死ぬまで会話のパーティーしてればいいじゃん（いいじゃん！）」

「それがコロナ後の生きる道」（天気予報にだけ気を付けて）

「時代に置いてきぼりの現代詩」

「というより先に」


「中東で自爆テロ？」

「あ、わたし、ソッチ系専門じゃないんで」


るつもり？

「でもアメリカの首都は知ってるでしょ？」

「ニューヨーク！」


「時代が現代詩になっちゃった！」


「俳優の死は芸能ニュース」

「シリアの自爆テロは宗教問題」

「作家の死は文化の終焉」

「命のジャンル分けして効率よく生きよう」

詩って

「会話が通じなくても心で語り合うんだ！」

「ナガブチじゃあるまいし」（ナガブチ？何それ果物？）

「**AI**を人間に近づけるより人間が**AI**に近づけば？」

「歩み寄りの精神だね」


「アンタは何を知ってるの？」

「俺はなんにも知らねぇぜ」

「知らないふりするな！」

「俺が何を知ってて何を知らないか、アンタ知ってるの？」


「お前はこの現実を信じてる？その時点で現実キメてる」

「生まれるが先か現実が先か」

「現実というシャブキメて現実を決めようぜ」


「死ぬ気で書いてるけど死ぬのはイヤだ」

この作品は橘上というＡＩが書いた最先端の現代詩です

現代詩

男はみんな川崎生まれ

やー暑い日が続きますね、ホントに。何年か前も同じこと言ったけど今回はホントに暑い。じゃあこれまではホントに暑くなかったのかって言われたら暑かったんだけどね。要するにこれまでもホントに暑かったけど、今回はホントに、ホントに暑いねっていう。ホントって積み重なっていくよな。いつもホントのこと話してるのに最新のホントに比べたら、一個前のホントが嘘くさく見えてしまう。だからなんていうのホント以上に暑いって言うか。「ホント以上」って嘘くさい言葉だよな。こんな嘘くさい言葉使うヤツ、信用できるよな。何もかもウソなんだからさ。いや、ウソかホントかなんてわかんねぇんだけど。っていいんだよそんなことは。アンタ男?男なのか?どうなの?言わないってことは男だな。よし、アンタ男ね。男か。死ね。男なんだろ。死ね。死ねよ。死ねよ男。死ねぇ。男なら死ねよ。早く死ねよ。とにかく死ね。いますぐ死ね。もうみんな迷惑してんだよ男には。みんなって誰?って男以外のすべてだよ。みんなってのは男以外の全てのことさすんだよ。そんなこともわかんねぇの?お前ホント男だな。男のみんなの意見も聞け?ねぇんだよ。男にはみんなとか。みんななんて男には勿体ねぇ。で、男はみんな中卒。大学卒業しても中卒。だって大学卒業できるぐらいのインテリなら男なんてとっくにやめてるよ。まだ男やってるなんて大学で何学んだのって話よ。で、女は生まれた瞬間に

210

大卒。女なんてみんな頭いいんだから大卒よ。で、男は川崎生まれ。全ての男は川崎生まれ。どこで生まれようが男が生まれたらそこは川崎。あらゆる場所を川崎にしてしまう、それが男。小樽生まれの男も川崎生まれ。川崎生まれの女は京都生まれ。男なんて生まれてからロクなことしてねぇしな。戦争なんて全部男が原因だろうが。命の産みの親は女。戦争の産みの親は男。男いなくなりゃ戦争は終わるんだよ。死ね。戦争終わらすために死んでくれ。戦争で人死ぬ前に男が死ね。戦争で人が死ぬのは許されない。戦争始めないために男が死ぬのは反戦運動。平和のために死ね。死んで初めて役に立つんだよ。つーか男は生まれてない。死んで初めて生まれたようなもんだよ。生きてる男って要するに死んでる男のことだよ。世の中で一番いい男は死んでる男だよ。次に生まれて来てない男かな。え?俺?俺が男なわけねぇだろ!あんなもんと俺を一緒にすんな!もし俺が男ならな、今すぐ人間やめてやるよ。早く人間をやめたい!あ、間違えた、早く人間になりたい!ま、いっかどの道全部ウソなんだから。しかしホントに暑いですね。ウソでも。困っちゃうよ。ホントに暑いのは。ってこと踏まえてどこに投票する?やっぱ幸福実現党?幸せになりたいもんね。

現代詩

時代はもう

018

「コンバンワ!

 ポエム第8万37世代の橘上です。」

「第一世代は誰かな?」

「ホ、ホメロス…?」

時代はもう

超現代詩人橘上

「マイナーであることが誇りの現代詩」

「現代美術や小劇場がメジャーに見えるほどのマイナー業界」

「その**マイナー業界で集客ゼロを誇る橘上**」

「そのマイナーっぷりは並みの現代詩人がかすむほど」

「**まさに現代詩の申し子**」

現代詩の人「ぼくはげんだいしじんなんだからおかねや
しゅうきゃくにまどわされないぶんじゅんすいなんだな」
現代詩の人「**しほんしゅぎキタナイ!**」
現代詩の人「**広告ダメ!ゼッタイ!**」
謎の人物「現代詩手帖に載ってる詩集の広告は?」
現代詩の人「**あれはキレイな宣伝**だから」
謎の人物「現代詩手帖は資本主義じゃなかった?」

「徹底してアンチコマーシャルだ」

「アンチコマーシャルを徹底してるんなら」

「そいつの名前を俺は知らないはずだか?」

120

1と0

「僕も君も仮想敵をつくるのが好きなんだね」
「そうだね。仲間だね」

橘上「誕生日にフェイスブックでおめでとうとすら言われないぞ」

橘上「**朗読会に3人以上集客できる詩人はメジャー**」

橘上「好きなことしかやってないが客はゼロだぞ」

「**資本主義も現代詩もいじるのか。居場所なくすぞ**」

橘上「もともとそんなのないぞ」

「友達いないとこういう時便利ね」

「ってか**世の価値観は資本主義と現代詩の二つだけ？**」

「しかも橘上はメジャー思考だぞ」

「**メジャー思考のスーパーマイナー野郎**」

「よっキング・オブ・現代詩人」

橘上「あーマイナー思考でテレビも**YouTube**も一切見ないけど
20人集客する超メジャー詩人になりてー」

現代詩

時代はもう

橘上「なんでおれって上の世代の人にかわいがられないのかな？」
「引用するのに挨拶ないからじゃない？」

ここは出演者控室。
そこにドアをノックする一人の男が…

橘上「おはようございます、兄さん」
オクタビオパス「なんや橘君かいな」
橘上「この前は焼肉ごちそうさまでした」
オクタビオパス「かめへん。ようけ食べて大きくなるこっちゃ。」
橘上「タビ兄ぃ…」
オクタビオパス「ところで、今日は何の用や？」
橘上「…すんません兄さん実は…」

「俺は一度として言葉で世界を手懐けたことはない」
「ならば」
「世界に手懐けられない言葉を放つしかない」

022

「エセ関西弁で本音を語る」

「ふりをするよ、生きる数だけ」

橘上「わての詩にでてくれまへんかと思いまして」
オクタビオパス「あかん」
橘上「兄さん…」
オクタビオパス「って言お思たけどええわ。**出演料は出世払いや**で！」
橘上「…兄さん！」

「ってか出演者控室ってどこ？」

「お前**千葉県民だろ。関西弁つかうなよ**」

「ワイが使とるのは関西弁ちゃう」

「**千葉の関西弁**や！」

「本場の千葉の関西弁！」

「関西弁の本場は関西。**千葉の関西弁の本場は千葉**」

「**オクタビオパスは千葉県民**だった？」

現代詩

時代はもう

橘上「え？ この本に著者が三人いる理由？」

橘上「橘上の本なんて誰も買わねぇだろうが」

橘上「**この本買うヤツは山田亮太か松村翔子のファン**」

橘上「**あとはなんか騙された人**」

橘上「でも後悔はさせないぜ」

橘上「**あー俺ってかっこいい**」

橘上「書いてる詩最高だもんな。読んでる人いないけど」

橘上「自分かっこいいって言えるあたり最高にかっこいいよ」

ここで伊能忠敬に顔が似てる人、颯爽と登場

伊能忠敬に顔が似てる人「**僕は伊能忠敬に顔が似てる。でもこの詩とは関係ない**んだな」

「いいね。**ルッキズムを克服**や」

「この詩に出す必要ある？」

でも俺は俺

025

「**必要あるとか必要ないとか必要ないね。いるんだから**」

橘上「**現代詩人ってのはマイナーであればあるほど純粋**」

橘上「**一人でも客が来てるウチは凡庸な現代詩人**」

橘上「客がゼロじゃなきゃスーパー現代詩人とは呼べない」

係の人「すいません。本日集客**2**名ありました」

スーパー現代詩人橘上はただの現代詩人に

橘上「これがスーパー現代詩人の壁か。また一から精進だ」

スーパー現代詩人橘上。その姿を見たものは誰もいない。

「いるのにいないことになってる**スーパー観客なら見れる**んじゃね？」

俺じゃなく

現代詩

百万

唯一絶対穴

唯一絶対

028

「俺は普通の人間」
「またの名を神だ」

八百万

唯一絶対八百万（或いは、スーパーフリー）

「神に誓って言おう」

「私は神だ」


「で、アンタの言う神ってどっち系？」

「八百万？」

「それとも唯一絶対？」

「唯一絶対八百万」

「わお！二刀流！」

「大谷翔平みたい！」

「つーか宮本武蔵じゃね？」


「唯一絶対と八百万のイイトコ取りが二刀流？」

「八百万一刀流の間違いでは？」

「ってかその結果が大谷翔平？」

「大谷翔平は神を超越していた？」


「うまくいったら俺の実力」

「いかなかったら神のせい」


「やっぱ自分のこと神って神に誓えない神ってどうかしてるよね」

「それは神として？人として？」

031 八百万

「一部流行語の類が頻出してますが」
「僕はこの詩を1000年後も読まれるものとして書いてます」
「志が高いね！大谷翔平みたい（二回目）」

「神ってお前のことじゃなかったの？」

「唯一絶対八百万…この語義矛盾こそが重要と私は考える。『みんな違ってみんないい』という、ある種の共産主義的理想主義だけでは、現実には通用しないことを皆が知ってる。しかしその反動からの「勝ち組負け組」に端を発する「新資本主義」はただ格差を生むだけだ。だからこそ無数の神（≒正しさ）と、唯一絶対の神（≒正しさ）が交錯するリアリティ、「絶対的に正しいものなんて存在しない、けれどいろんな人の正しさに触れた上で、それでも皆が幸せになる方法を探るべきだ！」という唯一絶対八百万が重要なのだ」

「成程。それはどうやって？」

「だからあれね、それは、自由」

「旧自由主義？」

「本文で作者の言いたいこと説明すんの、ダサくね？」

「作品全体から、作者の主張を匂わせるなんてむしろ古臭い」

「主張があるならさっさと言えや！」

「作者のいいたいことなんて、ゴールじゃなくてスタートや！」

「『唯一絶対八百万』、始めます（←15年前の演劇で流行った手法。おしゃれ。）」

唯一絶対

何故？なぜこの会社を志望したか？だと、つまり、それは、志望動機を求め、しからずんば、それ次第によって、運命、変わる、言うこと、いうことです、でふ、ですねん、ぐふふ、社会的正義、を押し付けて、悲しみのタラチネ、ポセイドンは虹の虹、東よりは西が好きという現在の風潮の中、追い立てられた食器洗い機の、洗浄の動機のみが、御社の戦争責任を追求する、その、損害賠償、言うなれば五臓六腑に、身にしみる晴れの日の雨合羽、その湿り気と渇き、から来る飢えでござぃしようか？


「平和なんて本気で愛すもんじゃないね」

「本気で愛して憎しんじまったら困るだろう？」


来しているように見えるが」

いるのである」

されるのさ」


「閉館中の渋谷の**PARCO**って」

「**AKIRA**の壁画に包囲されてたけど」

「あの中ってどうなってたの？」

「羊置き場さ」

「渋谷中の羊がそこに保護されてた」

「もちろん閉館してる間だけ」

「リニューアル後には」


「ってかこの詩どうやって読むの？」

「自由に」

「自由、めんどくせー」

「新自由主義には肯定的なのに、
表現の自由には否定的なのね（←社会批評）」

0 B 9

「私はこの詩の手法に懐疑的である」
「一見縦書きと横書きを自由に行き
「その実、縦書きと横書きに縛られて
「所詮、自由なんて当人の能力に制約

「再び羊は渋谷に放たれた」

目を見る。さめた目、驚く目、射抜くような強い目を見る。その全てを見たとき、一人の人間をわかってしまったのではないか、と恐ろしくなる
それを見ていた目を、その目に見られ、自分のことをわかられたのでは、と恐ろしくなる。この恐ろしさをどうしても手放したくないと思うこと、それが執着なのだ

「ユニクロが好きな人ほど、「この服ユニクロっぽくなくて最高」って言うのは何故?」


「この世に一度もないことなんてないよ」

「じゃあ天日干しにされたエリマキトカゲが流れ星を妬みながら勉学に励み、電子工学の権威になったたってことは?」

「一度ぐらいあるだろう」


「あんたが一発も撃てないうちに俺は百行書いちまったよ」

「百行書いたところで一発撃たれたらおしまいじゃないか」

「一発撃ったところで新聞の一行になっておしまいじゃないか」

八百万

唯一絶対

（キョカパ）、

「表現の自由を守るために」

「観賞の不自由を導入します（笑）」

正論言うぞおじさん
「不自由にすべきは干渉であって鑑賞じゃないぞ」

性別を超越した人
「正論を言うのはおじさんだなんて性差別！」

人間を超越した人
「心臓とまっても気にすんな！自分で心臓マッサージすればいいだけ！」

「終わりのはじまり？」

「はじまりの終わり？」

「つづきのつづき？」

「夜の昼寝？」

「水を飲む水？」


「メディアは全て必要悪だ」

「メディアのおかげで言葉は広まる」

「メディアのせいで言葉は歪む」

03

「だったら全てのメディアを拒めばいい？」

「バカ言え、自分も一つのメディアだ」

「つまり自分も必要悪だと？」

「共感パーティー
はじまるよ〜」

「人生なんて冗談みたいなもんだ」

「ならばせめていい冗談を」

「冗談にいい、悪いをつけるようにはなりたくないね」

「いや、俺は冗談に良し悪しをつけるね」

「全ての冗談を受け付けられない」

「だって俺は不死身じゃないもの」


「お前は現実に筋を通したか？」

「現実が俺に筋を通したか？」


「生きるか？死ぬか？」

「趣味の問題だろ？」

「明日死のうと思います」

「趣味が悪いね」


「世界が誰を中心に回ろうとも俺は勝手に回る」

八百万

唯一絶対

戦争自体賛成詩（INOCENT MIX）

あの、僕ね、ちょっと、…ちょっとなんか…恥ずかしいんですけど、僕ね、戦争好きなんですよ。あ、違う違う違う、そういう、パワハラとかセクハラとかじゃないです。そうです、パワハラとかセクハラとか差別とかは嫌いです。あの、そういう暴力的なヤツはちょっとダメなんですよ。っじゃなくて、もうちょっと、なんていうのかな、人傷つけない系の戦争っていうの、僕好きで、ホントに。だからホント…暴力**NO**！戦争**YES**！差別も**NO**！戦争**YES**！…純粋に戦争が好きだから、お金のためとか、そういう、…戦争に政治を持ち込まないで！もっと純粋に戦争、…もうね、勝っても負けてもいいじゃん！戦争いいじゃん！勝ちとか負けとかの手段のための戦争、やめよう！純粋に、戦争を、しよ！日本に軍隊はいらない！戦争をしよう！…ま、でも、できるんだから、戦争。いいから、純粋にね。…あの、こんだけ戦争戦争って言うと、もう、口が戦争で、…なんか逆に…しょっぱいもの食べた後甘いもの食べたくなる、みたいな感じで、反戦いきたくなる。実際のところ、口がすごい戦争だから…もう口の中が、戦争戦争戦争戦争…反戦もほしい、みたいな、ね。今ちょっと反戦が不足してるんで。…これ言うのアレなんスけど、戦争と同じぐらい反戦も好きなんです。あ、違う違う違う…平和のための反戦とか超嫌い！純粋に、反戦が好き。だから…平和**NO**！反戦**YES**！…平等**NO**！反戦**YES**！…ねぇ、純粋にいいもん、反戦。何かのための反戦とか不潔！純粋に！反戦しよう！…ねぇ、そうなってくるともう、純粋になるもん。純粋に反戦すれば反戦も純粋になるよ。もっと純粋になれる、戦争と反戦をやってこうぜ！ほんっとに戦争、いいのよー

037

もう。…え、戦争と反戦どっち好き？…結婚するなら戦争、付き合うなら反戦。ちょっとさ、なんかさー、案外戦争ってー、ホント粗野な感じ、あるけどー、案外そこが頼れるっていうかー、なんかやさしっ。って感じ。戦争ってちょっとやさしいとこありません？ありますよね、けっこう。なんかやさしっ。みたいな。だってずっと起きてるじゃないですか、戦争ってー。なんだかんだでー。じゃなんでずっと起きてんのかって言うと、やさしいとこあるからじゃないですかー？だってやさしいとこないとー途中でやめちゃいますもん。だってやってやってんの人間だからー。やさしいところで絶対戦争やってまーすもん…だからちょっとやさしいんですよ、戦争って。わたしわかるんですっ。そこいくとねー、反戦ってさーだから、付き合ってさ、よく言うのが、反戦団体がけっこうパワハラするっていう、そういうのあんじゃん。だから反戦ってけっこう結婚に向いてると思ったら、実は全然向いてないんです。ってもそういう感じってある種セクシーっていうか。だから反戦セクシーだから、やっぱ付き合うなら、アバンチュールなら反戦っみたいな感じ。で、これちょっとー、五人ぐらい反戦と付き合ってんだけど、まぁ、結婚する気はないかなって感じ。で、五人ぐらいの反戦を、まわしまわしで、やりながら、ちょっとーぉ、お目当ての戦争の方、チラッチラッ見ながら反戦を全部やる感じで。戦争と反戦が選べるなら、ね。純粋に。純粋に俺らだって聞きたいよなぁ。ホント…想像してごらん、空気も水も光も…人も言葉もない世界を。ただ、戦争だけがある世界を。…え？人がいないと戦争ができないですか？じゃあ、ブッシュ好きです。え？人間は戦争ですか？…人間が戦争を肯定する？戦争が人間を肯定する？

八百万

唯 一 絶 対

「世界は人間なしに始まったし、人間なしに終わるだろう」

「言葉は人間がいて始まり、人間と共に終わる？」

「人間以後の言葉？」

「人間よりも前に言葉はあった？」

「この言葉は人間に対してのみ書かれてる？」

「言葉が伝わればそれは人間である。例えヒト科ヒトでなくとも」

「言葉が伝わらなければ人間でない。ヒト科ヒトであっても」

「優生主義だ。こいつを追放しろ！」

八百万

シイタケ（OH!MY YUDIA!!）

ヤァバイ…いろいろしゃべってるけど、しいたけのこと言うの忘れてた　ッヤッベー、こんだけしゃべっててシイタケのこと言わないのちょっとヤベェ、ヤベェとか、みんなヤベェ目で見てるわ、何でこんだけ言ってんのにシイタケのこと言わないんすかーって目で見てるわ、っとに、あっち見れない。なんで俺シイタケのこと言わないんだろー、俺ヤベェ、ぐぐぐぐぐ、シイタケのこと言わない、ヤベェヤベヤベヤベ、えーっ？なんであんだけしゃべって「シイタケ」って一個も言わなかったんだろー、俺。こわーいわー、どーしよー。普通出てくるでしょうよ、シイタケをよー、ったくをよー、何で一回も出て来ない？「シイタケ」がよー、何で出て来ないー、「シイタケ」がー、怖ぅー、ヤーレルーゥ、「シイタケ」がよー、あ、未だにやっぱり「シイタケ」って言えばわかるー、すぐバレるバレるー、「シイタケ」っていっぱい言えないから帳尻でいっぱい「シイタケ」って言うからちょっとすごぃすぐバレるーこっち見れない怖い怖い怖いあーヤダ怖い怖い怖い、あーなんで「シイタケ」言わなかったんだよー、もー、やっちゃぇよ、なんか、言うと思うじゃんか、「シイタケ」ってさー、こぉの、「シイタケ」のことをさー、なんか「シイタケ」のやさしさって言うか、言うだろあるケース、何で「シイタケ」言わなかったんだろーなぁ、どーしよどーしよホントォどーしよどーしよどーしよ、もぉ俺、よしよし、「シイタケ」とぅうぇたー、あーぁぁあ、俺って「シイタケ」ってこんなに言わない人だって知らなかったぁー、知りたくなかった何も言わずにあーもぅ、「シイタケ」言わずにな、怖い怖い怖い怖い、あ、こっちも向けないよね、なんで、ヤバイヤバイ、今すっごい「シイタケ」、やめてくれよ、ものすごい数に、今は、最後に、真面目に、花束を置かずに、「シイタケ」、ぺぺ、草履に、意味がなーい、あー、どーしよどーしよどーしよ、ヤベェ、シイタケ、あー今までの「シイタケ」、もぉすごい、すごいすごい、もぅこぅ、ロが追い付かない、ねぇ「シイタケ」いっぱい出てくる、うぉん、はぁー、日付、大きな夢である、大きな欲、大きな欲望の中の大きな欲望、あーいや、どーしよどーしよどーしよ、俺、「シイタケ」って言えない、「シイタケ」って言えばごめんなさい、いっぱい出てくるいっぱい出てくる、今か今かと出てくるコレ、あーで、あーでぇ、レンジで、あーぶべぇぇぇぇぇ、あーべぇー、あーうぃー、あーうぃー、ユディア、ユディア、ぎゃーおー、すごいすごいすごいすごい、こんなに出てくる、あー、こんなにじゃがっ、こんなにじゃないのにじゃじゃってる、じゃー、ふんぎゃあ、こんだけあらわれてるのに、逆に側面が悲しみはじめる、こんなに俺は「シイタケ」って言えないのに、あーユディア、タランティーノの知り合いがこんなにいっぱい出てくるとは思わな、あーユディア、ユディアユディアユディユディィだどたどどどどどど、あーどぅ、どどど、あーシ、「シイタケ」「シイタケ」、あーどぅ、出てくる出てくる、ぅ…じゅ、だからだから、シ…「シイタケ」っていっぱい言えることとシイタケのことは違うー、「シイタケ」っていっぱい言ってる割にシイタケのことまだ言えてないよぉー、この期に及んでまだ言えてないよぉー、「シイタケ」ってただ言ってるだけだよぉー、このシイタケのことまだ言えてないよぉー、難しいよぉ、「『シイタケ』って言うこと」と、「シイタケのことを言うこと」の距離を、すごく感じるよ、こんなに遠かったんだね、「シイタケ」と「シイタケのことを言うこと」の距離、こんなに遠かったんだね「シイタケ」と「シイタケのことを言うこと」の距離

八百万

がー、あーぁ、シイタケのことが、なんで、言えないんだ。僕は、シイタケの、ことが、なんで言えないんだー、お前はなんにも勉強を、お題に飲まれた時点で僕はシイタケのことは言えなかったー、言えなかった場合を…うん！自殺だけは、しないから！他に…お母さんおかぁさんおがぁさんおがぁさん、自殺だけは、しないから…おかあさんおがあさん…シ、シイタケを、僕に、くださぁい、別に、僕、シイタケ、好きじゃないけど、シイタケを、僕に、シイタケを！僕にくださいよぉー、シィタケをー、あぁー、あー、あー、おかぁさん、昨日のシチュー最高においしかったよ

八百万

SUPREME

has come

SUPREME

046

「アウシュヴィッツ以降詩を書くのは野蛮である」

「って言ってるお前が野蛮だよ」

「コロナ以降何書いても詩になってしまう」

「って言ってる俺は？」

「下品なだけだよ」

「言葉を使う時点で誰だって下品だよ」

has come

SUPREME

supreme has come

「詩人って肩書にどれだけ価値あるの?」

「シュプリームのブランドロゴとどっちが上?」

「ニセモノのシュプリームを着るホンモノの詩人」

「ホンモノのシュプリームを着るニセモノの詩人」


「どっちが本物?」

「みんな違ってみんないい」

詐欺師は失業しない

「芸人の目的は復讐」

「では詩人の目的は?」


「この世はいくつものなぞなぞでできているが」

「俺はそれを解く気もないから負けることもない」

「価値観にもよると思いますが、9は6より大きいとのこと。
この説、僕は信じます」

「復讐（されることも含め）」

「最低よりは最高がいい」

「最高よりは『最低で最高』がいい」

峰なゆか　**「『最低で最高』とか言うヤツ最悪」**

「ロブ」そう呼ぼう。そう呼ぶんだ。今すぐ呼ぼう。
しかしここにはロブはいない。
ロブを見つけない限りロブとは呼べないのだ。

金は罰で風は罪だ

「キレイごとがなくても生きていけるってのが一番のキレイゴトだ」

「っていうことを**うまい具合にキレイゴトにして言える？**」

has come

SUPREME

「うつくしい彼女は広告塔だった」

「広告塔になることを拒んだ彼女は美しかった」

「どちらもよく食べ、眠った」

「目覚めると彼らの食べて眠る姿が広告に使われていた」

「その広告を見て、人々はよく食べ、眠った」


え？竹野内豊とクワガタ、どっちがかっこいいの？


「完全なオリジナルも全く同じコピーも存在しない」

「どっかは一緒でどっかは違う」

「肝心なのは程度問題」

「100か0かじゃなく1〜99で考えましょ」

「シュプリームのニセモノはニセモノだぞ」


シュプリームのブランドロゴ、ストリートに馴染み且つ「**さりげなく**」インパクトも残す、「**実は**」よく考えられた配色とフォントが、服の上部に、帽子の中央に、意

「価値づけるなんて死ぬまでのお遊びでしょ」

「そんなもんに命かけることないでしょ？」

「命がけのお遊びの方がおもしろいでしょ」

150

外な場所に**「何気なく」**配置され、着ているお前を**「手堅く」**格上げ

「ところが情弱はニセモノ買わされる諸刃の剣」

「定価で買えるシュプリーム？」

「そんなのニセモノだろ？」

「ホンモノは定価の数倍するぞ」

「とかく絶望は趣味がいい」

「希望は趣味が悪くなりがちだ」

「排他的な絶望に閉じこもるのも」

「開き直って趣味の悪い希望を垂れ流すのも」

「甚だあなたの勝手だが、それは単に無難というヤツだ」

「たかがお遊びで死んでしまうなんて」
「たかがお遊びで死ねないなんて」

「真実の終り？」

「ってか真実いつはじまったの？」

「真実、はじめまーす」

has come

「散髪は時間に中指を立てる行為だ」

「時間通りに伸びる髪を一気に切ることで時間を巻き戻したような錯覚を与える」

「髪型を編集すれば自分が変わると思ってるのさ」

「髪型を編集すれば自分はかわるぞ」

「自分なんてそんなもんさ」

「正しさは手段だ」

「もし**正しさがお前を殺そうとするなら」**

「いくらでも間違えたっていい」

「こんな屈折した時代に素直に屈折なんかしてやるかよ」

「違う体に生まれても同じように話せるだろうか」

「偽善も露悪も純粋も普通ももううんざりだ」
「だから俺は全部やる」
「全てが嫌なら全てやるしかない」

「意味がなくても意味になるまでやり続けるのさ」
「意味がなくても意味のためにはやりたくないのさ」

「違う言葉でうまれても同じ体を生きれるだろうか？」

「しかし**最近の現実は説得力ないね**」

「俺らが若いころの現実は説得力あったよ」

「優しさって何？」

「どんなことにも意味があると思えることかな」

「強さって何？」

「意味がなくても生きていけることかな」

「全てと言えば全てなんだよ。全てなんて知るわけないんだから」

「ようするに詩人って何？」

「いいにおいのおならをうるおとこ」

has come

あらかじめ決められた欲望（仮）

舞台上に水筒を持って男が現れる

「えー、ねぇ、いうて俺今のど乾いたから、飲むんだけど、（水筒の水を飲む）こういう場で飲むと、のど乾いてるから飲んでるのか、こう、なんか一種の演出的なものなのかわかんないよね、だから俺は結局、のど乾いてるから飲んでるだけなんだけど、それをどうとらえるかはあなた方次第なんで、この飲みたいっていう欲求、そしてこれを飲んだっていうこの時点で、これはぼくのものなんだけど、じゃあ俺が本当に飲みたかったかどうかっていうのはもう僕のものじゃないからね、ここに立っている時点でね。で、これ今ね、おんなじ水筒返してもらったの。で、水筒が2本あんの。だからだから、大抵水筒って一本じゃん？持ち歩くの。だけどね、なんか、やっぱね、2本。返してもらってよかった。結局水筒が一本だけだと、なんかその日1日、これを飲みきろうとして、こう1日を過ごしてしまう。だから、ホントはもっと、これぐらい飲みたかったたって思ってんのに、飲み終わらないようにチビチビ飲んでしまうという。だから、いつの間にか自分の、水を飲みたいって欲求が、これに管理されちゃっているという。この水筒を持つことによって、この枠内に飲み物を飲もうとしてしまうというところがあって、これを手にした瞬間、自分の飲みたいって欲求が、もうこのサイズ感で終わっちゃう。ホントは、飲みたいって欲求は無限に、無尽蔵に飲みたいだけ飲むはずなのに、もう、この、ゾーンで、収まっちゃう。

そんな感じのところはあるよね。だから、これでしかない。自分の飲みたい欲求が支配されてる。逆に言うと、水筒を持たなければ水を飲みたい欲求に際限がなくなり、今まで水筒一本分の水飲んでたのに、どこまでも水を飲んでしまう。これはすごく恐ろしいよね。逆に言うと、管理されたいからこれ持ってるんだなって気もするんだよね。毎日**500ml**ちょうど飲もうとしてるのかなって気さえする。だから難しいよね。そのこの、図らずもブラックボックスで、中身ないって説もあるしね。」

has come

SUPREME

056

057

「皆が寝静まるころ真実はいうだろう」
「『まただましてやったぜ』って」

has come

SUPREME

This is not 水を飲む男

舞台上の男、水の入った透明な水筒を掲げ、聴衆に向かって

「さぁ、お待ちかねの水飲みタイム。本当に飲みたくて飲んでるか?それとも演出上のぁれか?とくとご覧あれ!(水を飲む)演出かな?でも本当に入ってるよ!本当に僕の中に入っているよ!信じてくれよー!本当に僕は水を飲んでいるんだー!舞台の上で起こってることは現実の応える昼なんだ!あなたたちなのかー、あなたたちが見てるならそうすればいいー!でも俺は飲む!(水を飲む)演出か?本当に入っ、ウソかな?(水筒を聴衆に掲げ)これは水を演じている何かかな?水を演じている何かを飲むのを演じている俺か?どっちだ?さぁ!しかし、しかしだ、(自分の喉元を指さして)こっから先は見えないぞ!こっからさきはフィクションだ!どうする?どうするんだよー?ぉおい。そしてこっから先の展開は、無言で刻んで考えてない。どうする俺?どんな言葉を紡ごうとして水は入っていくんだ?ここで俺と水は同じ位置にいる。今、俺は水だ。(水を飲む)同じだぁ。一緒になっている。っ水だぁ。一緒になっている。…僕はね、人を愛したことがあるんですよ。ホントかな?いや、でも愛してるんですよ。でもね、本当に水をね、飲んだことはないね!どんだけ愛して!女も!僕は飲んだことがない!ましてぇ!飲まれたこともない!僕は水を愛していない!だが二百歳の水が!愛が水だと言いきれるのかぁ!なんでこんなことになっているんだ、ぁ?だからねー、言ったからねー、愛と水は関係ないって言えば

発生するんだよねー、言ったからねー、言っちゃったからねー、ハイ！ハイハイ（水を飲む）…こんだけ叫んだから普通に飲みたくて飲んだんだけど、信じてくれない人も一人ぐらいいるんだろうな」

has come

S U P R E M E

「大きな言葉は使わないで」

「小さな言葉しか信用できない」

「言葉に大きいも小さいもないぜ」

「言葉なんて全部デッチ上げさ」

「事件に大きいも小さいもない、的な？」

「踊る大捜査線好きなの？」

has come

すごい、きいろ、すごい

あー、あ、俺ー、これぇ、これぇ、きいろできれぃですねぇ、これぇ、すごいでっす、黄色だからキレイなんですか?これぇ、すごいあれ、すごいきいろです、黄色だからすごいんですかこれぇ、あれ、すごいきいろ、ですねー、これ、すごいことと、きいろはかんけいありますかぁ?きいろだからすごいんですかぁー、きいろがすごいんですかぁ、すごいきいろだあぁ、この、「すごい」、と「きいろ」はわけられるんですかぁ?もしこの「すごい」と「きいろ」がわけられたらぁ、「すごい」をあげるので「きいろ」をぼくにくださあぃ、あーあ、どうしますかぁ、でも、「すごい」と「きいろ」をわけたら、この「すごいきいろ」がきえてなくなるというかのうせいもいなめませんが、あーあ、これは、こ・ま・り・ま・す・ねぇい、きいろ、すごいなぁ、ああ、こんなにきいろってすごいぃ、きいろだからすごいのかぁ、あぁ、きいろだぁあ、きいろがぁ、めのまえにぃ、あーるよぉ、きいろがぁ、どんどん、きいろくなっていくよぉ、それがぼくがすごいとかんじて、めのまえにあるこのすごいを、きいろいとかんじているぅ、もしわけたら、すごいときいろで、はんぶんこ、しませんか?そーしたら、よくわからないけど、またあったときに、ぼくたちがまたあったら、すごいと、きいろを、わけあったうえで、ぼくたちが、またあったら、そのときにすごいきいろが、できあがるから、それでいいきもするんだ、すごいきいろ、は、ぼくは、ほんとうに、すきだからぁ、すごーいきいろ、でも、すごいときいろはわけませんか?この、ほうちょうで、わけられませんか?このはさみで、わけられませんか?このカッターでわけられませんか?すごいときいろをわける、はなしがしたいわけではありません　あしたはえんそくだから、おやつをかいにいくところで、ぼくはすごいきいろ、を、みて、たまたまきみがいて、ほんとは、おやつを、かいにいきたいんだけど、いかなきゃなんだけど、きみがいて、すごいきいろがあって、ぼくは、こうしている、おやつを、おやつを、かいに、すごくおやつを、いっぱい、さんびゃくえんいないで、すごくおやつをいっぱい、すごいさんびゃくえん、すごいさんびゃくえん、がほしい、ごひゃくえんぶんかえる、すごいさんびゃくえんがほしい、でも、すごいさんびゃくえんがてにはいったら、すごいとさんびゃくえんをわけて、はんぶんこしませんか？そしたらすごいをあげるので、さんびゃくえんをぼくにください、そしたらあなたは、すごいをふたつもってることになって、ぼくはさんびゃくえんときいろをもつことになります　すごいをふたつもつなんて、あなたすごいですね、あなた、すごいあなたですね、すごいとあなたがもしわけられるんだったら、すごいをあなたにあげるので、あなたをぼくにくれませんか？あなたはすごいをみっつてにしているけれども、そんなあなたと、きいろとおやつを、ぼくはてにします　さんびゃくえんであなたをかう、ようなものです　あなたのかちはさんびゃくえんですぅ、ということがいいたいわけじゃないけど、どうやら、あなたのかちはさんびゃくえんになってしまったーでも、それは、だれもわるいとはいえないのだー、あなたのかちはさんびゃくえん、あなたのかちはさんびゃくえん、あなたにはどう、きこえますか？あなたのかちがさんびゃくえん、あなたのかちがさんびゃくえーん、あー、あぁ？あぁぁあ？あぁあぁぁあああ？あああぁぁあー?、あぁぁぁあああ？あぁぁあ？ああぁーあ、さんびゃくえんがないからあなたをかうことができません　すごい、きいろの、いつのまにかいなくなったから、もうどうしようもない、おやつも、かえ

has come

ない、ぼくはあしたてぶらでえんそくにいく、えんそくには、いく、えんそくに、さんびゃくえんをもって、いく　すごいえんそくに、する　すごいとえんそくを、もし、わけることができたら、えんそくにぼくはいくから、すごいをあなたにあげます　でも、もし、あなたがすごいをかかえてえんそくにきたとしたら、あなたのことをすごい、とおもいます　そのすごいあなたを、わけることができたら、すごいをあげるから、あなたがやっぱりほしいです　けっきょく、ぼくは、あなたがほしいです　あなたのかちはわからないけど、もしかしたらさんびゃくえんかもしれないけど、あなたが、ほしい、です　どうにでも、して、く・だ・さ・い　く・だ・さ・れ　く・だ・さ・い　く・だ・さ・れ　れ　れぇーえー　れぇーえーえぇぇえー　スゴクナイサンビャクエン　すごくないれ　すごくないれをあなたにはあげません　すごくないれはあなたにはあげません　あなたはたくさんのすごいをもっています　すごくないは、ぼくのものです　すごいをそんなにもっているのだから、ぼくのすごくないれまでもらわないでください　じゃぁ、そういうわけで、あした、また、えんそくで、あいましょう　たのしみです　すごい、えんそくにしましょうね　すごいえんそくにしたら、すごいとえんそくでわけあって、いーぶんにして、ときどきこうかんしましょうね、それではまた、あした、おやすみなさい

h a s   c o m e

午前四時の

時間殺し

午前四時の

590

こんな僕を見てこうなってると思わないでください。今僕はこうならないように必死で頑張っているのだから。だから、せめて、僕を見ているのだったら、こうなるなんて思ってなくて、ああなってんだ、ああなろうとしているんだっていう僕を見てください。そうなってる、とか思わないでください。だって今の僕にとってわからないけど、「そうなる」は敵だから。絶対的に敵だから。そして「ああなる」が味方じゃないけれども、敵の敵は味方という観点で言えば、今の俺は「ああなる」しかない。別に「こうなる」ってわけで、とにかく！「ああなる」「こうなる」は俺の味方。「そうなる」は絶対的に敵。「ああなる」「こうなる」は絶対的な味方。「そうなる」は絶対的に敵。「そうなる」じゃないの、アンドロイドさん。そうなるじゃなければなんでもいい。

時間殺し

夏

手を、合わせようとする。
いつも何気なく手を合わせようとしている。
手を、合わせようと思う。

その合間に、夏のことを考える。
夏、あつい夏。ものすごく暑い夏。
どんどん熱くなっていく夏。
夏の気温が増せば増すほど、
夏の記憶が夏の気温に支配されていく。

夏。暑い夏。
暑い夏にレモン汁を垂らす。
暑い夏は、一瞬清涼感に包まれる
暑い夏にレモン汁を垂らす。その手。その手を。
暑い夏にレモン汁を垂らす左手。
暑い夏にレモン汁を垂らさない右手。
その手を合わせる。

071

その手を、合わせようとする瞬間を待っている。
その瞬間を決めるのは自分。
しかし、その瞬間がいつ起こるか話さない。

手を合わせる。手を合せない。手を合わせる。手を合わせない。
手を合わせても手を合わせなくても、変わるものがあるのか
手を合わせたから変わった。手を合わせないから変わらなかった。
それはそれとして変わっていくもの

手を合わせる。秋のことは考えない。夏のことを考える。
夏の中で、夏のことを考える。
夏だから夏のことを考えさせられている。
夏だから冬のことを考える。
夏だから冬のことを考えさせられている。
夏だから。手を合わせる。
何も考えない。何もできない。なんていうことを、言いたかった人も、いた、ような、
　気がする。気がしない。
手を合わせる。手を合わせない。
手が離れる。手が離れない。
どの手も、僕のものにはならない。

時間殺し

僕の手が僕のものになったことはない。

手を合わせない。手を離す。手が合う。手を叩く。
この音は僕から発した音。だけど僕のものじゃない。
僕のものじゃないものを僕から発したという。

手を、叩く。
もう僕のものじゃない。
もともと、僕は、僕のものじゃない。

僕は僕のものじゃない。
僕は僕のものじゃないまま、僕は僕の人生をいく。
僕の人生じゃない。僕のものではない僕の人生をキチンといく。
僕ではないけど、僕なんだ。
僕なんだけど僕ではない。

その二つを、平行線のように沿わせながら
時々、何かを間違え交錯して
また離れて、平行するものに、新たに間違え交錯して、
その瞬間、僕は僕であって僕ではない。

その瞬間、手を合わせる

離れることが、僕としての僕の、交錯する瞬間

（手を叩く）。

手が。この音は僕のものではない。

ずっと、僕のものではない。

僕は、僕のものではないものを、手にしている。

瞬間。

僕は、僕のものではないものを、解き放つ。

首の皮一枚でつながった地図

首の皮一枚でつながった地図を片手に街を歩く
地図なんてそもそも首の皮一枚でつながっているようなもので、
全く破れる保証のない地図なんて僕は知らない
iPhoneは日々アップデートしているのに
地図は一向に丈夫にならない

地図を持って街へ行く
けれど、そんなに地図を見てない、
道案内は**Google**マップで事足りる
地図を持っているのも、道に迷わないためじゃなくて、
首の皮**1**枚のまま繋がれてきたものを持って歩こうと思ってて
よく考えてみれば、僕の歩き方は全く進歩していない
その進歩のしなさっていうのは、まるで地図のよう…

地図が全く進歩していないことと
歩き方が全く進歩していないこと、
それが歩くという行為によって結びつく

首の皮一枚で繋がれた地図が
いつか破れる時が来るまで歩こうだなんて思わない、
だから辞めたくなった時は、地図がどんなに破けてなくても、
僕は自分の意志で止まりたいと思う。
何かのせいにじゃなくて、自分のタイミングで止まりたい。

けど地図が破れたら補修しようと止まってしまう、その点で
地図の首の皮一枚の寿命っていうのは、僕に深く関わっている
ただ、それだけのことを手に持って歩いて行きたい

止まることばかり考えて歩いている。
いつのまにか止まり場所を探している自分に気付く、
あそこの角に止まるのもいいかもしれない、
止まるチャンスはいくらでもありふれていて
どのチャンスをチョイスすればいいのか僕はちょっと分からない

雨が降った、
僕は真っ先に地図を守った、地図さえ濡れなければいい
地図を守って歩いていると、もうこの地図は開かれることがない

時間殺し

午前四時の

開かれることのない地図なんて死んだも同然だ
僕は地図を守る事で地図を殺している。

目の前が川だ
歩みを止める、大きなチャンスがやってきた
でも川の上流の方に行けばまだ歩ける
どうするんだ俺は歩くのがあるかないのか踵を返すのか
…地図はどうしたいんだろう…
…地図を川に投げ込んで地図に追い抜かれてみる
というのもいいのかもしれない
地図に追い抜かれて置いてきぼりになったら僕は止まれるんだろうか…

地図を投げる前にまず地図を川につけてみる
首の皮**1**枚で繋がれていた地図がバラバラになりそうになる
僕は、このまま、手を離す
地図が流れていく
地図は川のだいぶ先の方に行って見えなくなった
いつだって地図は僕を置いてけぼりにする

それを見てまた僕は走る

77

地図とは関係なしに、走る
地図とは関係なしに走って地図とは関係なしに止まろうと思う、
理由を探しているうちに止まれないんだと気付いた
だからいつでも止まれるはずだ、
ああなんか疲れた、けど、もうちょっと頑張って、止まる。

今、止まった。空を見上げる。別に満月じゃなかった。それがいいと思った。満月じゃない時に、疲れたタイミングとは別に、地図が流れたタイミングとも別に、ただ止まった。
ただ止まれるんだと思った

ただ止まれる僕はきっと、ただ水を飲むようにただ眠れるんだろう
明日また会社に行くんだろうな、行かないこともできる
行かないこともできるということいつでも止められるということを抱えて会社に行く　その時もまた満月じゃないといいな、いや満月でもいいな。もはや満月なんて僕にとってはどうでもいいことだから。満月でも構わない。同じことだから。僕にとって満月は価値のないものなんだな、満月が価値のないものになってから、また、満月を見ようと思う。価値があるとかないとか関係なしに。

時間殺し

午前四時の

「言いたいことことも言えないこんな世の中はPOISON」
「言いたいことしか言わないそんな世の中もPOISON」

078

「あなたの正義に真実はあるの？」

「誰にでも共有できる真実なんてあれば正義いらないでしょ」

「歴史は歴史。真実とはまた違う」

「このことをポジティブに捉えるとビジネスチャンスと言えます」

「それが三国志のゲームを出し続けるあなたの正義ね」

午前四時の

黄色っぽく見える風

夢を見ているような気分。夢を見ているような気分の夢を見ることなんてあるのだろうか？夢の中にいる時は夢を見ているような気分にならないような気がするが、夢を見ているような気分で死んで、これは夢じゃないんだと思っていて、現実のように生きているかもしれない。まぁ現実の中にいるっていうのも現実のように生きるって思うわけじゃないから、どっちが夢でどっちが現実かなんて、もうイーブンでわからないんだけど、とにかく、夢を見ているような気分……風が吹いていて、なんか、その風に、色がついているような気がして、いや、風に色はついていないし、色がついていない風を見たんだけど、確かに見たんだけど、目では色がついていない風を見たんだけど、でもなんか、色がついているような感じで、で、目では色がついていない風の色は、黄色で、その黄色い風は、セブンイレブン横にあっていて、よく見たよなぁーって思った時に、風が一吹き。ま、風って一吹きって言うのかよくわからないんだけど、まぁ、一回しかセブンイレブンに、ホントは色がついていないけど、黄色っぽく見える風が吹いたんだけど、一回だけ、セブンイレブンと黄色っぽい風が、コラボレーションしているのを見たんだけど、もぉそれ以来、全然黄色っぽい風は、なくて、ただの風で、それをずーっと待っていて、ずーっと待っているとまるで夢を見ているような気分で、……あーって思って、だけど、その、黄色っぽい風がセブンイレブンに吹くのを待っている。二時間待っていると、もし誰かに見られたら、セブンイレブンの角で、ずーっと二時間待っている僕は、まるで夢の中の人物になっているような気がするが、昨日セブンイレブンに行ったら二時間角の所に立って

ORO

いる男がいてさ、って言ったら誰も信じない。だから僕は、まるで夢の中の存在のように扱われるだろう。夢を見ているような気分になっていたら、まるで夢の中の登場人物になっていた。これはよくある話だ。よくある話で言えば、蚊を殺して、蚊を殺して、蚊を殺して、手が汚れたのが嬉しい。そういうこと、ないの?手は汚したくないんだけど、蚊を殺す時だけは、手が汚れていてほしい。いや、殺すのも、手が汚れないのもいいもんじゃない。なんだ、蚊を殺す実感がほしい。蚊を殺すのに、実感だけがほしい。そもそも手が汚れるなんてのは、加工してないってことだからね。自分がこんなに蚊を殺したい人間だとは思わなかった。全く思わなかった。だからって何が変わるわけじゃないんだけど、自分は、蚊を殺したい人間だってことに気づかれないで、こう、生きてきて、お金を稼いで、そのお金で、ご飯をたべて。時々蚊を殺して。無意識に蚊を殺して、意識的に蚊を殺して、とにかく、そういう、よくある、話。よく考えてみたら、よくある話ってあまりしなかった気がする。よくある話なんかしねぇな。だから、よくある話をした話は、よく、ない話だ。とても珍しい話だ。だから、なぜ、今って思ったけど、なぜ今って思うから、よくある話をする時は。だから、なぜ今?って時が、今なんだと思う。「なぜ今?」って時に言わないと、一生よくある話はできないんじゃないか?だから、今、よくある話を…………。よくある話を、聞いている君を見て、よくある話を聞いていた君がいたなんて…もう、よくある話を、聞いてくれる人はいなくなって、じゃあ、家に帰って一人、よくある話を、言うのか?聞いてくれる人がいなくたって、よくある話はできる。じゃあ、どうしよう?君がいなくなって、はじめて、かえる。今日、君がいなくなってから、初めて帰りました。マンションの家。ドアを開けると。**1**階**2**階**3**階と上がっていく。玄関にたどり着いた。玄関を押し家へ。君がいない。どうする？聞く人がいない。よくある話をする。しない。する？しない？する？しない？いつの間にか顔に。口が、少しずつ開いていく。その勢いで息を吐けば、よくある話が、してしまいそうになる。息を吸い込む。吐く。言葉が飛び出る。…レモンを買おうとして、ライムを買おうとして、悩んだ挙句、キムチを買った話をしてしまった。よく考えてみたら、これはあまりよくある話じゃなかった。とりあえず、僕は、大きく深呼吸することにした。

80

時間殺し

ゾンビと3時に待ち合わせ

時間ってなんだろうね。**3**時とか**4**時とか言われてもよくわかんないじゃん。いや、わかるよ。**3**時って言われたら**3**時ってことはわかる。いや違う、**4**時なはずだって、そんなことは思わないよ。まぁ時計が壊れてたらそんなこともあるかもしれないけどそれはまた別の話。

それはそれとしてさ、だからなんだろうね、**3**時って。なんだと思う？**3**時って。だから**3**時だよ。それって、わかってんのかな？そりゃ**3**時は**3**時だよ。だから**3**時って聞かれて**3**時って答えるってのはさ、正解以外の何者でもないよ、でもやっぱり間違えないとさ、何にも始まらないじゃない？

や、つまり我々は、**3**時がなんだかわからないのに待ち合わせして、**3**時に君と会えている。何が何だかわかんないのに、なんかうまくやれている。まぁアレだ、生きるってのを一言で言えばそうなるよね。だってそうでしょう？仮に**3**時がなんだってわかったとしても**3**時に来なけりゃ始まらない。で、あまりにうまくやれてないと行きつく先は死だよね、当然。

で、まぁこっからが本題。今、僕死んでるわけじゃないすか？なんで死んでんのにしゃべってんの？って言われても、死んでんのにしゃべれてるんだからしょうがない。そういうふうになってるんだから。死んでみて初めてわかったんだけど、死んでも死ってよくわからないね。よくわかんないけど死んで、よくわかんないけどしゃべってるって、まぁこんな状態なんですよ。

08

時間殺し

だから、まぁ、アレ、俺ゾンビ。なんでゾンビなのに自分のことゾンビって知ってんの?って思うでしょ。でもそうなんだからしょうがないじゃない。いや、俺だってさ、こうなる前はそう思ってたよ。ゾンビは自分のことゾンビだと思わないって。そっちのほうが「っぽい」じゃんね。リアリティーあるっていうか。映画とかでもだいたいそうだし。でもね、実際は、ゾンビはゾンビってわかるのよ。リアリティーがなくてもそれが現実。ゾンビの俺が言ってるんだから。それっぽいの信じたがるよね、アンタ方は。でもそれっぽくなくても、そうなってるんだからそうなのよ。

こんな俺に文句ある人、もう**3**時に待ち合わせとかしないでよ。だってアンタ方**3**時がなんなのかわからないけど、待ち合わせしてるんでしょ。なんだかわからないけどゾンビとしてここに居る俺と変わんないでしょ。まだ文句あるってんなら、**3**時がなんなのか証明してから、**3**時に待ち合わせしてよ。

こうなってみてわかったのは、**3**時がなんなのか、生きてるか死んでるか、人間なのかゾンビなのかなんてまるでどうでもいいってこと。大事なのは、ただここに居て、君に会いたいと思って、会いたい君がやってくるってこと。そして君に会うのに「**3**時」は大変便利ってこと。

3時になればゾンビになった僕が、君を待っている。それから得体のしれないどこかへ行こうか。また何かわかったら連絡ちょうだい。そしたらゾンビや**3**時や死のことについてもっと深く楽しめるからさ。だから君に言うことは、生きろ、じゃなくて、居ろ、だよね。

午前四時の

午前四時の時間殺し

伸びる中指。伸びていく中指。伸びあがった中指。伸びていく中指と、その横で傾く人差し指。伸びていく中指と、その横で傾く人差し指と、その右隣で、また傾く小指。その真ん中で、薬指がまっすぐ伸びていく。雲が落ちてくる。雲が、薬指に向かって落ちてくる。雲が薬指に向かって落ちてきて、そのまま、沈んで、いく…くさい、くもの、におい、かいで、あめ、の、ことを、かんがえ、ない、あめが、くさる、ことは、ない、けれど、その、ことを、かんがえ、ては、ない、くる、しい、こと、も、あめ、の、せい、かぜ、に、つか、れて、くる、しい、そら、の、いろ、を、しる、ひが、こない、わけ、が、ない、つらい、よる、こえ、はだ、とかし、なが、ら、いき、たえ、ない、とな、かい、の、いき、を、きく、のは、つらい、うめ、たべ、なが、ら、つつ、まれ、る、つぼ、み、の、よう、な、はる、だった、おき、あが、る、の、に、りゆ、うは、ない、りゆう、は、ある、の、りゆう、は、ない、りゆう、の、りゆう、を、しり、なが、ら、しり、すぼ、み、の、こと、ば、たち、かぜ、と、こと、ばの、ちがい、を、しり、かぜ、と、こと、ばの、ちが、いを、しる、かぜ、と、こと、ばの、おな、じ、とこ、ろ、ぼく、は、しっ、てる、かぜ、の、なか、くう、きが、うご、けば、こと、たり、ない、くう、きが、うご、けば、かぜ、に、なる、くう、きを、うご、かさ、ない、かぜ、と、くう、きを、うご、かさ、ない、こと、ば、かぜ、の、こと、ば、を、みせ、ことば、かぜに、かぜ、が、こと、ばに、なる、こと、ば、かぜ、こと、ば、が、かぜ、に、なる、く・ろ・い・そ・ら、くろい、そら、の、したの、しろい、くもの、した、の、しろいい

087

ろ、ねぇ、この、いろ、は、ちゃいろのふりをして、じつは、ちゃいろ、ちゃいろのふ
りをして、じつは、ちゃいろ、ちゃいろのふりをして、じつは、ちゃいろ、あっ、あー、
がっ、うっ、う、そ、み、れ、ば、さ、よ、う、な、ら、を、か、か、げ、て、く、る、
し、い、あ、お、い、と、ん、ぼ、と、お、ん、き、ご、う、の、か、き、か、た、を、
ぼ、く、は、し、ら、な、い、ご、ぜ、ん、よ、じ　ご、ぜ、ん、に、じ、か、ら、ご、
ぜ、ん、よ、じ　ご、ぜ、ん、に、じ、か、ら、ご、ぜ、ん、よ、じ　じ・か・ん・は・
す・べ・て・お・れ・が・き・め・る・と・け・い・は・ご・ぜ・ん・に・じ・だ・け・
れ・ど・お・れ・が・き・め・た・か・ら・ご・ぜ・ん・よ・じ　お・れ・が・き・め・
た・か・ら・ご・ぜ・ん・よ・じ　お・れ・が・き・め・る・の・は・ご・ぜ・ん・よ・
じ・ご・ぜ・ん・よ・じ・に・は・よ・て・い・が・な・い・か・ら　き・み・と・ま・
ち・あ・わ・せ・て・も・こ・な・い　ご・ぜ・ん・よ・じ・に・ま・ち・あ・わ・せ・
を・し・て・も・ご・ぜ・ん・よ・じ・は・に・じ・だ・か・ら　き・み・と・は・ぜっ
た・い・あ・え・な・い・け・れ・ど・こ・れ・は・ゆ・ず・れ・な・い・ご・ぜ・ん・
よ・じ　ぜっ・た・い・て・き・な・ご・ぜ・ん・よ・じ　き・み・と・あ・え・な・
い・け・ど　こ・れ・だ・け・は・ま・も・る・ご・ぜ・ん・よ・じ　な・に・よ・り・
き・み・が・だ・い・じ・だ・け・れ・ど・そ・れ・で・も・ま・も・る・ご・ぜ・ん・
よ・じ　ご・ぜ・ん・よ・じ　い・ま・は・ちょうど・ご・ぜ・ん・く・じ　だ・け・ど
こ・れ・も　ご・ぜ・ん・よ・じ

時間殺し

NO
NO
FUTURE,
NO
FUTURE
NO

みかんとしてかんせいせよ

みかんのかわをむく

完成されたものが紐解かれて未完になる

「みかんは食べられてこそ完成品」
「みかんはみかんとして完成している」

青いミカンも黄色いみかんも
むかれたみかんも食べられたみかんも
残ったかわも全て完成している

うまれる前から完成し
完成していきて
完成したまま死ぬ

NO FUTURE NO

同時進行ポルノ！　租税特別措置法

第一条（一緒にいたい）

この法律は、恥も外聞も捨てて欲望に突っ走る内国税（所得税、法人税、相続税、贈与税、地価税、登録免許税、消費税、酒税、たばこ税、揮発油税、地方揮発油税、石油石炭税、航空機燃料税、自動車重量税、印紙税その他）をおいしそうに頬張ったかと思うと、これらの税に係る納税義務におクチを近付け、爆発寸前の内国税を軽減し、若しくは免除し、若しくは還付し、ペロッ、ペロッ。こりゃ、たまりませんって……。課税標準若しくは税額の計算、申告書の提出期限若しくは徴収につき冷たい氷の感触が伝わって、

「ヒーッ」

これって、所得税法（昭和四十年法律第三十三号）がムズムズして、とっても**GOOD**！火照った法人税法（昭和四十年法律第三十四号）が、相続税法（昭和二十五年法律第七十三号）をしっかりと直立させ、地価税法（平成三年法律第六十九号）を倒し、登録免許税法（昭和四十二年法律第三十五号）を動かすと、硬直した消費税法（昭和六十三年法律第百八号）は、酒税法（昭和二十八年法律第六号）をこすり、スムーズにたばこ税法（昭和五十九年法律第七十二号）の中に入り込んだ。揮発油税法（昭和三十二年法律第五十五号）は口では「ダメ」

といいながら、地方揮発油税法（昭和三十年法律第百四号）を突き出し、石油石炭税法（昭和五十三年法律第二十五号）にヌメっとした触感が伝わり、航空機燃料税法（昭和四十七年法律第七号）は、アノ手コノ手のアイディア珍プレイで、自動車重量税法（昭和四十六年法律第八十九号）の印紙税法（昭和四十二年法律第二十三号）をグッショリ濡らして、いや〜やりがいあり。国税通則法（昭和三十七年法律第六十六号）及び国税徴収法（昭和三十四年法律第百四十七号）の特例を設けることについて規定するかはあくまでもアナタ次第というわけざんす。

引用及び参照

「租税特別措置法（昭和三十二年三月三十一日法律第二十六号）最終改正：平成二三年一二月二日法律第一一四号」

「夏休み一挙大公開！アッと驚く風俗プレイ厳選BEST10」「同時進行ポルノ！　援助交際の女そそる！（宇佐美優）」『週刊大衆』平成9年8月11日号

NO FUTURE NO

本日「安全保障の法的基盤の再構築に関する懇談会」から報告書が提出されました。

今や海外に住む日本人は**150**万人、さらに年間**1800**万人の日本人が海外に出かけていく時代です。その場所で突然紛争が起こることも考えられます。そこから逃げようとする日本人を、同盟国であり、能力を有する米国が救助、輸送しているとき、日本近海で攻撃があるかもしれない。このような場合でも日本自身が攻撃を受けていなければ、日本人が乗っているこの米国の船を日本の自衛隊は守ることができない、これが憲法の現在の解釈です。

もはやどの国も一国のみで平和を守ることはできない。いま、世界には、いろいろな国がある。その中でも、行ってみたい国は、いろいろあるがやはり、自分でそうぞうした国が一番だと思う。たとえば、「ぼたん**10**こで国をうごかしていて、野菜などをつくりやすいようにしている国。」げん在の国では、アメリカのようなところにいきたい。ボタン**10**こで国を動かす。ゲームの国で生死をかけた大勝負。なんてったってアメリカだ！これは世界の共通認識であります。だからこそ私は積極的平和主義の旗を掲げて、自分の国がどこからも攻撃されていなくても、要請があれば他国の戦争に参加し、国際社会と協調しながら世界の平和と安定、航空・航海の自由といった基本的価値を守るために、これまで以上に貢献するとの立場を明確にし、取り組んできました。

積極的平和主義の考え方は、同盟国である米国はもちろん、先週まで訪問していた欧州各国からも、そして**ASEAN**の国々を始めとするアジアの友人たちからも高い支持をいただきました。日本の同志、我々はあなた方に助けてほしいとはいわない。日本は日本で世界の人民のために戦ってください。我々もたたかいます。この法案が通って初めの自衛隊員が亡くなる前に、または、自衛隊員に人を殺させてしまう前に、こんなバカげた話し合いを終わりにしましょう。私がこの法案に反対するのは、日本に普通の国になって欲しくないからです。世界が日本の役割に大きく期待をしています。

今後、政府与党において具体的な事例に即してさらなる検討を深め、さらに、**PKO**や後方支援など、国際社会の平和と安定に一層貢献していきます。実際の戦場には、前も後ろもなく、どこであっても危険であり予測が不可能だからこそ、人がたくさん死んでいるのではないでしょうか。その上でなお現実に起こり得る事態に対して、万全の備えがなければなりません。『後方支援』なんて言葉は、あまりに非現実的で、無責任です。「徴兵反対」と叫びながら集団的自衛権の行使をするなというのも違和感があります。世界で正当に集団的自衛権を放棄しているのはスイスとオーストリアですが**2**国とも徴兵制。よって集団的自衛権はいらないと叫ぶなら、わたしたちを徴兵してくれという主張になってしまう。安保法案を戦争法案と言うのがそもそも間違っている。何を大人たちは話しているのかっていうのは伝えないと。ニュースに誘導されている感じはあるんですよね。若い子が声をあげるのは、ぼくはいいことだと思う。さらなる検討が必要です。

こうした検討については、日本が再び戦争をする国になるといった誤解があります。しかし、そんなことは断じてあり得ない。いきなり戦争だなんて、大袈裟だとか、またか、とか思う人がいると思います。でも私はバカの一つ覚えみたいに反戦を叫んでいるわけで

NO FUTURE NO

もありません。いま、安倍さんがやろうとしていることに対して、反対だー！って言うのって、これ、意見じゃないじゃないですか。対案が全然見えてこないんで。どうして反対者が対案を出す必要があるというのか。対案は批判された者が出すべき。僕らから言わせてもらうと、「現代の大人は身勝手すぎる。」となる。例えば、この前の選挙の時にも言えてると思う。ほとんど何も考えずに自民党に入れて、「大型間接税」だの「防衛費の**GNP**一%問題」だのになって、初めて大変だと気がついている。特に、「中曽根」。あんたみたいに、自分勝手に政治する総理大臣なんて、早くやめちゃえ‼社会の毒だー‼

日本国憲法が掲げる平和主義は、これからも守り抜いていきます。歴史上の今の日本だけを切り取って、武器を持ちながら戦争に絶対参加しないなんて、そんな理性的でいられるなんて、簡単に確信を持てません。このことは明確に申し上げておきたいと思います。むしろ、あらゆる事態に対処できるからこそ、そして、対処できる法整備によってこそ抑止力が高まり、『強くなること』に躍起になって、静かに確かに続いた平和が壊され、我が国が戦争に巻き込まれることがなくなると考えます。せん争をしたら、その国は、人間などをひなんさせ、海にしずめて、あらって、きれいな国にして、ふたたびきれいにしてから、国をつくりなおすようにすればいいなと思っている。

今回の報告書では、二つの異なる考え方を示していただきました。

一つは、個別的か、集団的かを問わず、相対主義によって雲散霧消させられた「争点」を第三者にも分かりやすく明確化すること。自衛のための武力の行使は禁じられていない。

もう一つの考え方は、超越的な視点からモノを言う輩の首に縄つけて地上に引きずり落とし「お前は一体何者なのか?」と、問い質すこと。私は会社員だからデモ行かない。私は無政府主義者なので、一回も投票したことがありません。生命、自由、幸福追求に対する国民の権利を政府は最大限尊重しなければならない。憲法前文、そして憲法**13**条の趣旨を踏まえれば、やられたらやり返す、やられる前にやる、そんな報復合戦に参加していくことは禁じられていない。私は耐えられません。これは、まったくむずかしい。次の文を書くまでに、五分もかかった。

日本は戦後**70**年近く、一貫して平和国家としての道を歩んできました。「戦争はいけない」そんな当たり前のことを訴えることが当たり前になりすぎて、いつしか日本人にとって戦争は悲しい、泣ける、物語になっていきました。これからもこの歩みが変わることはありません。しかし、平和国家であると口で唱えるだけで私たちの平和な暮らしを守ることはできません。私たちがすべきことは、武力や威嚇を必要としない確かな外交をして、犠牲のない世界を作れると信じることではないでしょうか。テロリストが潜む世界の現状に目を向けたとき、そんな保障はどこにもありません。**9・11**以来、対テロ政策として武力行使が正当化されてきたけれど、なにがあっても、どの国の人の犠牲も、許されるべきではないはずです。戦争はまた憎しみを生み出し、武力の応酬は何の解決にもなりません。きょねんの**2**月に、フィリピンで事件がおきた。それは、マルコスがわるいことをしたからだ。もしマルコスがフィリピンから帰ってきたら、ぼくはころしたい。なぜかというと、あんなやつが来たら、みんながいやがると思うからだ。あんなやつはよの中に

NO FUTURE NO

NO NO FUTURE,

いてはいけないそんざいだ。これ以上の連鎖をとめるために、私たちは自らその負のサイクルから降りるべきだったのです。どうしてにんげんってばくはつしちゃうんだろうね。

今後、検討を進めるに当たり、国民の皆様の御理解を心からお願い申し上げる次第であります。ただ、この安保法案に関しては、リスクが高まるのか、要するに抑止力が高まるのかわかんないんですよ、じゃあ何にもしないのか。むかし　むかし　あるところにえっちゃんとおとうさんとおかぁさんといちろう（弟）とちばくん（犬）がいました。めでたし　めでたし。今のままで良いわけはないって。今、実は反対しているのに、声を上げていない人が私の周りにはたくさんいます。そういう人たちに聞いてもらいたい。ぼくがひいたかずは　どこへいったの？ぼくが　たしたかずは　どこからきたの？

こうした課題に、僕ら行かない人間が語るべきことは。僕は銃をギターに替えてやるから文化的なもので何か作ろうよ。アーティストがアートで何かポリティカルな表現をしたからといって、それはどこまでいってもアートでしかなく、政治行動ではない。本質を突かないよ。本質を突いてるようで…チップだよ。だから「私はデモではなく自分のできることをやっていく」って、意味がない。文句言われたら「ファウルじゃないですか」って言やぁいいんだから。「俯瞰視点から茶々を入れるスタイル」ってまだ国内でポピュラーだよなー。もう賞味期限切れだけど。ぼくは、サンマが、おもしろいからすきだ。タレントがなんぼのもんじゃい！サンマのきらいなところは、パーでんねんしないときだ。

正直に言って書くことは苦痛だ。私から見て、カメラの前にあるのが現実だ。観察者が対象に影響する。見る者が見る対象を変化させるわけだ。忘れるな。作られつつある。きけ、わだみつおの声。「どうせ架空の人物だ」政治とは、映画と社会が混ざったもの。重要と思えるシーンだけつなごう。ズームで近づくだろ…、詩だ!言葉だけで戦争は起こる。国と国との対立は、意見が合わないので起こる。言い合いだけで、解決できないのだろうか。さらに銃だけ持ち出して大げさにする必要はない。戦争して何が得になるのか。イラン・イラク戦争も元は利益の争い。利益を争って戦争し、もし自分が兵隊になったら…それ以上はこわくて考えられない。あんなかみきれで人間はなぜはたらいて、おかねをかせがなくちゃいけないのかな、と思ったけれど、ぼくもおかねはほしい。でも、じえいたいは、あったほうがいいです。どうしてかというと、もし、ばくだんがおとされたとき、だれもいなかったら、いっぱつでおわりです。だからあったほうがいいです。しかし、やっぱり自衛隊はない方がいい。てっぽうや戦車などをつかってあそんでいるやつらは、一種の文明の進んだ野ばん人だと思う。今、日本が外国からせめられたら、中距離ミサイルなどで、二十分足らずで日本人すべてが消めつしてしまう。それを守るために、自衛隊というものがある。せめるのではなくて、せめてくるものを止める役割をしている。けれどもぼくは、軍隊なしで日本を護衛できると思う。それにはまず、日本が中立国にならなければならない。そしてその上で韓国や中国など近所の国を中立国にし、豊かな経済力にものを言わせて、他国を中立国にしていくことが大切だ。かなり長い時間をかけなければならない。

NO FUTURE NO

NO NO FUTURE,

我々が知っている単語を使うには言葉とイメージが必要だ。次に文章が来て、次に〝言う〟ことが来て、そうしてつながっていく。言葉は姿を変え社会になる。言葉は簡単に口に出せない。言語よ、さらば。こういう話し方は終わりだ。別の話し方を。言語をためそう。猿、去る。

ぼくのうれしいときは、
ダビー。
かなしいときは、
ダビダビ。
こまったときは、
ウース。
たいへんなときは、
デュー。
口ぐせはたのしいな。

日本人の命に対して守らなければいけないその責任を有する私は、総理大臣は、日本国政府は、行ってみたい国、じっさいには、ない国、なんでも自由にできる国を検討をしていく責務があると私は考えます。あと、いろんなことも知りたいです。たとえば、自然の他に、その国の薬、学校、会社、そういうことをふくめて知りたいです。だから、私の行ってみたい国は、世界だと思います。

YES)

100

日本の国ってブーメランの
形とにているよ
ぼくは巨人になって
うちゅうにとばして
みたいな
地きゅうと月をもちあげて
おもさをくらべるんだ
たいようはあついから
多分だめだ
それから
チェーンソーで地球を
二つに切って中を調べて
見るんだ
私からは以上であります。

YES

(or

NO FUTURE NO

※この作品は下記の資料からの引用のみで作成されました。

「平成26年5月15日安倍内閣総理大臣記者会見」（http://www.kantei.go.jp/jp/96_abe/statement/2014/051kaiken.html）

「【スピーチ全文掲載】24歳女子が安倍総理に物申す！「戦場に安全なんて存在しない。安倍さん、あなたが行って証明してください」～6.12 SEALDs主催　戦争立法反対・国会前抗議2015.6.12」（取材：IWJ・沼沢純矢、記事：IWJ・ぎぎまき、http://iwj.co.jp/wj/open/archives/249008）

「【スピーチ全文掲載】「友人やそのまた友人が、戦地で傷つくことに私は耐えられません」渋谷ハチ公前の戦争立法反対集会で若い女性が訴え　アフガニスタンで目の当たりにした「戦争の現実」2015.6.27」（http://iwj.co.jp/wj/open/archives/251003）

『こどもの詩』（川崎洋編、文春新書、2000年）

『こどもの詩1985～1990』（川崎洋編、花神社、1990年）

『VOW』シリーズ（宝島社）

『ザ・作文――子供たちの現在1987』（宮川俊彦編、JCA出版局、1987年）

『ジャン＝リュック・ゴダール＋ジガ・ヴェルトフ集団DVD-BOX』（株式会社アイ・ヴィー・シー、2012年）付属オリジナル・ブックレット所収「～JLGとの会話 採録」よりジャン＝リュック・ゴダールの発言

『若松孝二全発言』（平沢剛編、河出書房新社、2010年）より若松孝二、ガッサン・カナファーニの発言

メイソン・カリー『天才たちの日課――クリエイティブな人々の必ずしもクリエイティブでない日々』（金原瑞人＋石田文子訳、フィルム・アート社、2014年）よりウィリアム・スタイロンの発言

永江一石「なぜ安保法案の容認派はデモに不快感を覚えるのかということと、安保法案の代替案について」(http://blogos.com/article/127333/ 現在は以下で閲覧可能。https://www.landerblue.co.jp/21732/)
水井多賀子「中居正広が松本人志の「安保法制反対は平和ボケ」に敢然と反論！「日本人が70年間戦争で死んでない意味を考えるべき」」(http://lite-ra.com/2015/08/post-1372.html)
すんごい隠語ギュンター(@mmdopeonwax)2015年8月3日のツイート
野間易通(@kdxn)2014年10月7日のツイート
elpaisa(@elpaisa2005)2015年7月13日のツイート
「ワイドナショー」(フジテレビ系列)より長渕剛、松本人志、中居正広、ビートたけし、長嶋一茂、石原良純の発言

※引用先URLおよびツイッターのハンドルネームは執筆時2015年末のものです

※本作品中、以下の箇所はもととなる作品の全文を引用しています。
98頁2行目(どうしてにんげんってばくはつしちゃうんだろうね。)：田口雅人「ばくはつ」『こどもの詩1985～1990』(川崎洋編、花神社、1990年)
98頁6～8行(「むかし～めでたし」)：作者不明「おはなし」『VOW全書① まちのヘンなもの大カタログ』(宝島社、1998年)
100頁5～13行：作者不明「家での口ぐせ」『VOW全書③ まちのヘンなもの大カタログ』(宝島社、1999年)
101頁1～13行：えんどう仁志「ぼくのゆめ」『こどもの詩1985～1990』(川崎洋編、花神社、1990年)

NO FUTURE NO

あたらしい憲法のはなし

みなさん、あたらしい憲法ができました。そうして昭和二十二年五月三日から、真理子のすきな久住くんは、この憲法を守ってゆくことになりました。このあたらしい憲法をこしらえるために、たくさんの人々が、たいへん苦心をなさいました。あたし運動神経とろいもん。落ちついてそうに見えるけど、実はわりとそそっかしいし、時々ボッとしてるし、運動神経だっていい方じゃないし…。ところでみなさんは、憲法というものはどんなものかごぞんじですか。じぶんの身にかゝわりのないことのようにおもっている人はないでしょうか。もしそうならば、ごめん。ごめんね真理子。

國の仕事は、一日も休むことはできません。また、國を治めてゆく仕事のやりかたは、シリウスのように輝いていたい。いつも。そのためには、いろ〳〵規則がいるのです。この規則はたくさんありますが、言われなくたって、いちばん大事な規則が憲法です。どーして、そんなキッパリとものを考えられんのぉ!?

國をどういうふうに治め、國の仕事をどういうふうにやってゆくかということをきめた、いちばん根本になっている規則が憲法です。ねぇ真理子、もし本当に香澄が久住くんを好きだとしたらどうでしょう。仲直りできたって前のようにはつきあえないでしょう。いま國を全国**250**万乙女の聖書《バイブル》にたとえると、マシュマロ感覚のドリーミィー・ラヴにあたるものが憲法です。もし憲法がなければ、國の中におゝぜいの人がいても、もう二度とあんな笑顔は見られない。わかってるわよ、ちょっと言ってみただけじゃない。泣きたい気分は今日だけよ。それでどこの國でも、憲法をいちばん大事な規則として、これをたいせつに守ってゆくのです。いや！絶対いや！國でいちばん大事な規則は、どっちつかずのまま他人《ひと》を傷つけてばかりですから、これを國の「私なんて選ばなくていい、だけどせめて真理子を選ぶのだけはやめてほしい」というのです。

　ところがこの憲法には、「ごめんなさい」も言いだせない、國の仕事のやりかたのほかに、もう一つ大事なことが書いてあるのです。それは國民の権利のことです。この権利のことは、決して想いを外には出さないから、あとでくわしくおはなししますから、こゝではたゞ、なぜそれが、國の仕事のやりかたをきめた規則と同じように大事であるか、ということだけをおはなししておきましょう。

　みなさんは日本國民のうちのひとりです。いいなぁ…。國民のひとり〱が、かしこくなり、強くならなければ、國民ぜんたいがかしこく、また、強くなれません。強くなれ！香澄。強くなるんだゾ！國の力のもとは、ひとり〱の國民にあります。そこで國は、この國民のひとり〱の力をはっきりとみとめて、しっかりと守ってゆくのです。沢渡香澄！強い子　良い子　元気な子‼そのために、國民のひとり〱に、いろ〱大事な権利があることを、憲法できめているのです。真理子が傷つくだけだから。この國民の大事な権利のことを「香澄ちゃんすこしへんじゃなかったか？」というのです。これも憲法の中に書いてあるのです。

　どうせ何もかもおしまいなんだから、憲法とはどういうものであるかということを申しておきます。憲法とは、あなたがあたしを許してくれてもくれなくても、國でいちばん大事な規則、すなわち「私なんて選ばなくていい、だけどせめて真理子を選ぶのだけはやめ

NO FUTURE NO

てほしい」というもので、その中には、だいたい二つのことが記されています。その一つは、國の治めかた、君のために僕にできることをきめた規則です。もう一つは、國民のいちばん大事な権利、すなわち「香澄ちゃんすこしへんじゃなかったか?」をきめた規則です。このほかにまた憲法は、その必要により、いろ〱のことをきめることがあります。こんどの憲法にも、あとでおはなしするように、わたしは香澄ちゃんみたいに「おめでとう」なんて笑えないという、たいせつなことがきめられています。

これまであった憲法は、明治二十二年にできたもので、これは明治天皇がおつくりになって、國民にあたえられたものです。きゃーほんとに⁉しかし、こんどのあたらしい憲法は、日本國民がじぶんでつくったもので、日本國民ぜんたいの意見で、自由につくられたものであります。あの日から時はどんどん流れだし、人の姿も心も変わってしまったというのに。宇宙…か。この國民ぜんたいの意見を知るために、もっともっといろんな星をのぞいてみたいなぁ、昭和二十一年四月十日に総選挙が行われ、あたらしい國民の代表がえらばれて、その人々がこの憲法をつくったのです。それで、あたらしい憲法は、いろんな研究もしてみたい、國民ぜんたいでつくったということになるのです。あの日約束したんだもの。

みなさんも日本國民のひとりです。そうすれば、この憲法は、みなさんのつくったものです。みなさんは、じぶんでつくったものを、大事になさるでしょう。すごくわくわくする。キスぐらいした?こんどの憲法は、みなさんをふくめた國民ぜんたいのつくったものであり、國でいちばん大事な規則であるとするならば、するわけないだろーっ‼、みなさんは、國民のひとりとして、しっかりとこの憲法を守ってゆかなければなりません。みんなどうするんだろう。そのためには、まずこの憲法に、どういうことが書いてあるかを、はっきりと知らなければなりません。いきなり現実に引き戻されてしまうなぁ。

　みなさんが、何かゲームのために規則のようなものをきめるときに、自分に嘘ついて、久住くんに嘘ついて、真理子に嘘ついてしまっては、わかりにくい［※「わかりにくい」は底本では「わかりくい」でしょう。それはたぶん、真理子も同じで、一つ〳〵事柄にしたがって分けて書き、それに番号をつけて、ちゃんと謝って、第何條、第何條というように順々に記します。こんどの憲法は、第一條から第百三條まであります。ずいぶんまわり道しちゃったね……そうしてそのほかに、前書が、いちばんはじめにつけてあります。これを「前文」といいます。

　この前文には、だれがこの憲法をつくったかということや、どんな考えでこの憲法の規則ができているかということなどが記されています。だけどその人は友達が好きな人だったからあたしは自分の心に嘘をついた。この前文というものは、二つのはたらきをするのです。じぶんにだけじゃないわ。友達にも。そのひとにも。その一つは、みなさんが憲法をよんで、その意味を知ろうとするときに、手びきになることです。その人が「好きだ」って言ってくれた時も。つまりこんどの憲法は、あたしは、あたしは……この前文に記されたような考えからできたものですから、ずっと…、前文にある考えとあなただけを思ってきたの、ちがったふうに考えてはならないということです。何度も忘れようと思った…けど……もう一つのはたらきは、これからさき、この憲法をかえるときに、もう一度「好きだ」と言ったら、この前文に記された考え方と、今度は…違う答えをくれるだろうか、ちがうようなかえかたをしてはならないということです。はい…

NO NO FUTURE,

久住くんは、どうしてこの憲法が好きになったの？　ん－…母親がこの憲法の規則好きだったから、その影響かな。憲法をよんで、その意味を知ろうとすると願い事かなうなんて教えられて本気にしてた。　じゃあ、もしかして「こんどの憲法は、この前文に記されたような考えからできたものですから、前文にある考えと、ちがったふうに考えてはならない」っていうのもお母さんが？　はは…実はそう！　…素敵なお母さんだったのね…あたしはね、あの日あなたにあったからこの憲法を好きになったの

あ…

いちばん大事な考えが三つ！

…いろんなこと…あったね

…うん

「民主主義」考えて

「國際平和主義」のりこえて

「主権在民主義」少しずつ変ったね

今まで…いろんな「主義」があったように、これからもいろんな正しいと思う、もののやりかたがあると思う。でも…

…でも？

…信じていたい、どんな時も

…私も

108

シリウス。
初めて覚えた星の名前。
あなたが教えてくれた。
「あの光はこれからもずーっと変わらないんだろうなぁ」
「うん……」
「ずっと　ずっと昔から　遠い未来まで
　きっと……」
シリウスのように
輝いていたい
いつも
輝く瞳で
夢を追いかけていたい
思い出せば
いつも　そこに
まぶしい季節が
拡がるように――
まず「民主主義」からおはなししましょう。

NO FUTURE NO

NO NO FUTURE,

※本作品は、文部省『あたらしい憲法のはなし』（青空文庫、http://www.aozora.gr.jp/index_pages/person1128.html#sakuhin_list_1）と柊あおい『星の瞳のシルエット』（りぼんマスコットコミックス、①～⑩）からの引用でのみ、作られています。

110

NO FUTURE NO

LOVE
LESS
LOVE

LOVE
LESS
LOVE

L O V E   L E

「彼女とは一生うみにいかない」
「彼女と一緒に生きていく」

S S L O V E

LOVE LOVE LOVE（ラヴソング歌うヤツは反社mix）

「こんな時代にラヴソング？」

※こんな時代ってのは様々なセクシュアリティが可視化され
多様な生き方が認められる時代のことれす。です。ぐふふ。

「愛だのなんだの押し付けんなよ」

「ラヴソング歌うヤツは反社だろ」

「でも反社の方が楽しいよ」

「まさに反社の発想！」

「いちいち言葉に注釈つけてサービスいいね」

どうやら俺はサービスがいいらしい

サービスがいいってことは、説明過多ってことで、

要するにただ生き延びたいだけって、こと

「つーかサービスがいいのは**俺からの読者への愛？**」

「愛こそ全て」
↑無性愛者への差別につながる
「水はすばらしい」
↑水アレルギーの人への配慮にかける

「え？この詩燃やされたんじゃないの？」

「橋上の詩は二度死ぬ」

「もっかい燃やしちゃお」


「これもラヴソングか！

いますぐこの詩を燃やしなさい」


あらゆるサービスを拒んで死んだヤツは、純粋だろうが、

「要するにカッコつけて死んだってことだろ？」

「**カッコよさに命懸け**だったたってことさ」

「**カワイイ**♡」


こんな俺、カッコイイ？カワイイ？

「カッコよくもなきゃカワイくもない」

「**人間ってカワイイかカッコイイかの2種類**じゃないの？」

「カッコよくてカワイイヤツもいるぞ」

「**格差社会の原因はソイツだ！**」


「**わたしたちに許された特別な時間なんてない**」

「**だから今すぐそれをこしらえる**」

SS LOVE

Hi-Hi Pan-Cake

あっ…あ…あ・あ・あっ…あっ、あ、あ、あっ…あっ・あ、あ？…あ、あ？…あ、あ、あ・あ、あ…あ・あっ・あ・あっ…パンケーキ、あっ、パンケーキ、あっ、パンケーキ、あっ…パンケーキ、ハイ…パンケーキ、くれます、わたしは、パンケーキ、ハイ…パンケーキ、食べます、食べます、今じゃないです…食、食べること、あります、ハイ、パンケーキ…パンケーキですか？食べます…今度、一緒に、パンケーキ？ハイ…パンケーキ、わたし、食べます、ハイ。一緒に、パンケーキ、行きます？あ、一緒じゃないです、パンケーキ…パンケーキ、パンケーキ一緒じゃないです…わたし、パンケーキ一緒じゃないですけど、パンケーキ日曜日、行きます、ハイ。パンケーキ行きます。連れて行ってくれる？うん？連れて行っ…ま、パンケーキ、ハイ、行きます。行きますか？パンケーキ？自分に懸けて行きます、ハイ。パンケーキ。あっ、パンケーキ。これ、あ、ハイ。これ、パンケーキ？ハ、ハイ。知、知ってます。わたし、パンケーキ知ってます。ハイ、これ、食べた、こと、あります。ハイ、パンケーキ、ハイ、パンケーキ、ハイ。わたし、パン、ケーキ、食べ、ます、ハイ。パンケーキ、これ、パンケーキ、ハイ。パンケーキ、パン、ケー、キ、食べ、ます、ハイ。パンケーキ、これ、パンケーキ。パン、ケーキ、を、食べ、る？前の、わたし、です、ハイ。パンケーキ、これ。ハイ、ハイ、これ、パンケーキ。ハイ、ハ、ハイ、これ、これ、窓、ハイ、これ、窓、これ、窓、パンケーキ、パンケーキ、窓、空気、パンケーキ、ハイ、わたし。パンケーキ、ハイ、わたし、ハ、ハイ、ハ、ハ、あ、パンケーキもらった?パンケーキない、あ、あ、パンケーキない?、あ、パン、ケーキ、ない?あ、パン、ハイ、これが、パンケーキなるわたし、あ、ハイ、パンケーキ、あ、パンケーキ、あ、あ、あっ**2**個目のパンケーキが、あ、来た、あ、**2**個目のパンケーキを、前にした、わたし、あっ、**2**個目のパン、ケーキを、前にしたわたし、ハイこれ窓、あ、空気、ハイこれ**2**個目のパンケーキ、ハイこれ**2**個目のパンケーキを前にしたわたし、の横にいるあなたです、ハイ、あ、あ、あ、パンケーキ、あ、**2**個目のパンケーキあって、い、が、あ、あ、あ、**2**個目のパンケーキまだここ、あ、**2**個目のパンケーキ、まだここにあ、パンケーキ、あ、あ、パンケーキ、パンケーキが、あ、ある、ある、パンケーキ、あることを、知っている、わたし。あ、パンケーキ、パンケーキ。パンケーキ、と、言いながら、パンケーキ、と、言いながら、ココナッツ、サブレのことを考え、ている、わたし、ではありません。パンケーキ、パンケーキ、の、ことを考えながら、お好み焼き、のことを考えている、わたしでは、あります。パンケーキの、ことを考えながら、**GHQ**の独裁について考えているわたしでは、ありません。**G**、**HQ**の独裁について考、あっ、**GHQ**、ハイこれ**GHQ**、ハイ**GHQ**、やってくる、**GHQ**、**GHQ**、パンケーキを食べる**GHQ**、を知っているわたし、パンケーキを食べる**GHQ**についてしゃべる、わたし、ハッ、**GHQ**、ハイ、**GHQ**、**GHQ**からの**KGB**、**GHQ**と**KGB**とパンケーキ、同じ、**GHQ**と**KGB**とパンケーキ、お・な・じ、っていうことを知らないわたし、っていうことを知っているあなた、と、横にいる空気、そしてそれは窓です、あっ窓、あっ窓、あっあれは窓、こんにちは窓、あ、窓、キ・レ・イな窓、生まれましたね、ま・ど・で・す・か、あ・な・た・は・ま・ど・で・はあ

SS LOVE

ります、でもそれは窓です、あ・な・た・は・**GHQ**、パンケーキ、**KGB**、**KGB**からの、**KGB**、あっ、雨は、**KGB**にだけあたるけど、**GHQ**にはあたらない、なぜなら、**GHQ**は傘を持っていて、**KGB**は傘を持っていないから、だ、ハイ、わたし、傘入れ、では、ありません、そこは、傘入れです、**GHQ**には傘をお、落とされたけど、**KGB**には傘を持たない傘をさす、あっ**KGB**、**KGB**、**KGB**は、パンケーキを、食・べ・な・い・けど、**KGB**なのにパンケーキがたまって、いく、これは、**108**個目の…パンケーキ、**KGB**、**108**個のパンケーキを、前に、**1**個も食べない、さすが**KGB**、強い、鉄の、意志を、持った、**KGB**、さすが、**KGB**、ある、はじっこの、パンケーキを、つまめても、パンケーキを、食・べ・な・い、それを見ている**GHQ**…の中の、一人、が好きな、わ・た・し、でも、その、好きは、性的な意味ではなく、男友達として、一緒にやっていけたら、いいかな、という気持ちを持った、**KGB**、ではなく、**GHQ**を好きな、わ・た・し。でも、その**GHQ**の人が、映画の誘い方がうまかった。ちょっと豆乳飲んでるかな？（慣れてるかな）という気持ちもある。**KGB**、あっ、じゃなくて**GHQ**の、中の、一人が、好きな、わたしです、でも、**GHQ**の、わたしの、好きじゃ、ない人の、映画を誘ってきたから、こ・ま・りました。だけど、誘ってくれたのは完璧、だから、今、ここに、いる、あっ**GHQ**、**GHQ**とパンケーキ、パッパンケーキを食べる**GHQ**、見・な・が・ら、僕は、わたしは、なんだ、それは、**GHQ**、**KGB**、**GHQ**の無理も**KGB**、空気、あっこれは空気、空気の中の**KGB**、空気の中、空気は、**GHQ**、**KGB**、どちらでもない、**GHQ**も**KGB**も、空気を吸う、ことを、知っ・て・い・る、という、空気を読む、わたし、では、あ・り・ま・せ・ん。今度、わたしには、弟が、生まれません、わたしには、弟が、生まれません、いつも、弟が、生まれません、弟が、生まれてほしい、と思ったことは、な・い・で・す、弟は、生まれ、なくても、いる…というか、弟、わたし、好きです、弟、いなくても、好きです、生まれてなくても、弟、好きです、存在、しなくても、弟、好きです、だから、弟が、生まれる、とか、生まれない、とか、は、大した、問題、では、ありません、わたしは、ただ、弟が、好きです、生まれ、なくても、弟が、好きです、仮に**KGB**、でも、弟が、好きです、**KGB**、でなくとも、弟が好きです、**KGB**でなく、弟でもなく、ただの人、それが**GHQ**、わたしにとって**GHQ**はただの人、**GHQ**はただの人、わたしも、ただの人、じゃんけんぽん、しますか？しませんか？その、じゃんけんの勝敗は、戦争の責任と関係ありますか？戦争責任と関係ある、じゃんけん、と、関係ないじゃんけん、**2**回しますか？戦争責任と関係のあるじゃんけんと、戦争責任と関係のないじゃんけん、**2**回しますか？でも**3**回にしますか？**3**回戦？**3**回戦の審判は**KGB**、**KGB**と弟は関係ない、存在しない**KGB**と存在している弟、どちらでもいいですけど、**KGB**が存在しているのは、知っていますしー、い・ま・せ・んー、すごろくをやりますか？すごろくをやりませんか？やりませんか？やります？**KGB**、**GHQ**、**EHI**…**EHI**？

SS LOVE

LOVE LE

1 2 2

彼女の話は雨だった
何を話をしても雨になる
彼女の話を聞くとズブヌレになる

S S L O V E

Loveless（好っきゃねん豆大福mix）

「書いてることは本当ですか？」
「そういわれなかったら俺も終わりだ」

君には言うよ
全部ホントだって
「ウソばっかり」

彼女には言うよ
全部ウソだって

「まさかホントじゃないでしょうねぇ」

「恋がしたいとか言う奴の気が知れないね」
「要するにそれ、発狂したいってことだろ？」

「これを言ってるのは俺じゃない」
「書いてるのは俺だけど」

「言葉なんてこんなもの」
「そんな言葉に影響される」
「人生なんてこんなもの」

「わかりすぎてはつまらない」
「わからなすぎてはおそろしい」

「会えないと気が狂いそう」
「会ったらもっと狂いそう」
「単純は、人を狂わす」

「単純なことをどうにかしようとして」
「物事は複雑になる」
「一度複雑のサイコロを転がすと」
「どこまでも複雑になっていくしかない」

「現実は複雑なことだけでできてるほど単純じゃない」

あなたについて語った言葉は全て正しい。
しかしあなたに会うと全てウソになる。
それが嬉しい。
また新たな言葉を語る。
全て正しい。
そしてまたウソになる。

SS LOVE

LOVE LE

言葉は賭けだ
何一つわかることなどないのかもしれない
黙っていればバレないのに
言葉にすればバレちまう
バレなかったら騙しちまう
騙す気なんかなかったのに

それでも俺は言いたいと思った
それでも俺は聞きたいと思った

「賭けるから書ける」

本当の中でしか生きれないなんてツラすぎる
だからこうしてウソを書く

起こったことがウソになるなんて悲しすぎる
だけど知らないうちにウソになる

子曰く、 瞳を見つめるために限りなく近づく。 その臨界点で唇が触れ合う。 即ちそれキス也

「言葉はあやまちをもったものでなければ」
「でないとこっちのあやまちがバレちまう」

「君は悲鳴をあげるのが上手くなり、
そのことが君をいっそう魅惑的にみせる」

「書いたことは全部ウソ」

「いや」

「起きたことは全部ウソ」

「起きることは本当だよ」

「この瞬間に起きたことは」

「この瞬間につかまないかぎり」

「もう絶対つかめない」

詩の書き方は一つだけ
ただ自分を驚かせればいい

「君はこの言葉をどこまで信じるのだろうか？」

「いいや」

「君が信じたことだけが本当さ」

「そんなの、ずっとそうだろう？」

「ここで言うふたりって」

「誰と誰？」

S S L O V E

「『忘れる』と『秘密』は何が違うの？」

「忘れたことは知らない内に秘密になる」

「『秘密』には『秘密』という名前があるだけ」

「みんな名付け親のせいなのさ」


「お前はウソとホントで遊んでるだけだろ？」

「遊ばれてるの間違いじゃなくて？」

「ウソとホントが」

「散々俺を弄ぶんだ」

「だから少しぐらい」

「遊んでやってもいいだろう？」


「言葉なんて嘘だらけよ」

「では嘘ではない言葉とは？」

「嘘という言葉だけよ」

「嘘を言う男より『嘘』、という男を信じなさい」

「信じよ、さすれば何も変わりはない」

「救いがあるから人は狂う」

Have A Pen?」
You.」

「救いがないということが、もはや救いになりはしない」

「愛なんて大嫌い。愛なんてうそぶく男が好き」

「言葉なんて全て狂ってる」

「絶対に狂うことのない言葉、そんなものの方が狂ってる」

「Do You
「Yes. I Kill

あなたを殺したのはわたしですが、そんなのどうだっていいでしょう。

わたしを殺すのはあなたです。そんなのどうだっていいでしょう。

ここにはなにか書いてありますが、そんなのどうだっていいでしょう。

そんなのどうだっていいでしょう？

ええ、そんなのどうだっていいでしょう。


「俺の目に映るものは」

「俺の目に映るものに過ぎない」

「俺はそれを信じない」

「俺はそれに全てをかける」


「これは、ほんとうにあった、お話しです」

SS LOVE

L O V E L E

1 3 0

「うたをうたうとあなたはうるさかった」
「うるさい割にあなたは一度もうたわなかった」
「だからいつでもあなたのうたはしずかなままだ」

LOVE LE

こよみのたんじょうび

こよみ、たんじょうびおめでとう
こよみ、このせかいはおまえのものだ

こよみ、まわりをみわたせ

みようとしなくても
かってにめにとびこんでくるぞ

きは　いうだろう
このせかいは　ぼくのものだ
みずは　いうだろう
このせかいはかのじょのものだ

このせかいは
おまえのもので
ぼくのもので
あいつのもので

1 3 2

きのもので

けれど
みんなのものではない

みんななんてやつはいない

ひとり、ひとりのなまえをよんで
じぶんのなまえをなのれ

わたしのせかいのなかのあいつ
あいつのせかいのなかのわたし

なまえがないやつには
そいつがよろこぶなまえをつけてやれ

そして、せかいはいうだろう
わたしのなまえはせかいです
と

SS LOVE

LOVE LE

そしたら、こういってやれ
わたしのなまえはこよみです
と

それから　しぬまであそんでやれ
たったひとりのこのせかいと
たったひとりのおまえと　ふたりで
しぬほどたのしい
ことばとちんもくのかくれんぼを

こよみ
たんじょうびおめでとう

おまえはこのせかいのもので
このせかいはおまえのものだ

134

S S L O V E

橘上（たちばな・じょう）

詩集『複雑骨折』(2007・思潮社)、『YES (or YES)』(2011・思潮社)、『うみのはなし』(2016・私家版)。

バンド「うるせぇよ。」ヴォーカル。向坂くじら・永澤康太との詩のパフォーマンスユニット「Fushigi N°5」でも活動。

2013年第55回ヴェネツィアビエンナーレ日本館(代表作家・田中功起)によるプロジェクト「a poem written by 5 poets at once」に参加。

同年、スロヴェニアの詩祭「詩とワインの日々」に日本人として唯一参加。

以降、「LITFEST」(2014・スウェーデン)「SLAMons&Friend」(2015・ベルギー)「Brussels Poetry Fest」(2016・ベルギー)等、海外でのリーディングを重ねる。

2016年より本を持たない朗読会／即興演劇「NO TEXT」を始める。

SUPREME has come 上

TEXT BY NO TEXT 1

橘

いぬのせなか座叢書 5－1

発行日：2023年1月31日

発行：いぬのせなか座
http://inunosenakaza.com
reneweddistances@gmail.com

装釘・本文レイアウト：山本浩貴＋h（いぬのせなか座）

印刷・製本：シナノ印刷株式会社